Duan Ting Cao

亘　庆◎著

短亭草

石榴题

APTIME
时代出版
时代出版传媒股份有限公司
安徽文艺出版社

图书在版编目（ＣＩＰ）数据

短亭草/鲁庆著. —合肥：安徽文艺出版社,2024.2
ISBN 978-7-5396-7887-0

Ⅰ. ①短… Ⅱ. ①鲁… Ⅲ. ①古体诗－诗集－中国－
当代 Ⅳ. ①I227.7

中国国家版本馆 CIP 数据核字(2023)第 216935 号


出 版 人：姚 巍
责任编辑：秦 雯                          装帧设计：张诚鑫
............................................................................
出版发行：安徽文艺出版社    www.awpub.com
地　　　址：合肥市翡翠路 1118 号　邮政编码：230071
营 销 部：(0551)63533889
印　　制：合肥创新印务有限公司  (0551)64456946
............................................................................
开本：880×1230  1/32  印张：8  字数：120 千字
版次：2024 年 2 月第 1 版
印次：2024 年 2 月第 1 次印刷
定价：35.00 元
............................................................................

# 目　　录

# 序

胡竹峰

《短亭草》的书名是我取的，都说诗词是老古董了，然老古董好，近来独爱老古董。俗语说过吧，穷虽穷，还有三担铜。实在是，穷虽穷，还有老古董。外祖母家旧年衣食丰厚，后来没落了，她晚年时我见她屋子里还有不少明清瓷器，贴补了不少家用。

读到鲁庆这本诗词集，没来由地，觉得它应该叫《短亭草》。鲁庆仿佛是古人，在长亭、短亭之间，逸笔草草。倪瓒给友人手札说：

> 仆之所谓画者，不过逸笔草草，不求形似，聊以自娱耳……

自娱有好滋味，不足与外人道也。我写文章自娱二十多年了，不知今夕何夕。陶潜《五柳先生传》自况："常著文章自娱，颇示己志。"

读鲁庆的诗词，能读到他的自娱心。眼见他兴致勃勃，眼见他津津有味，眼见他逸兴遄飞，眼见他大发诗兴，起兴，比兴，于是雅兴。诗词无非一片兴致，有时候在云端，有时候在雾里，有时候在花前，有时候在月下。是巫山之云，是楼台之雾，是津渡之月，是洛阳之花……

与倪瓒不同，鲁庆逸笔草草，和古人极其形似，平仄对仗推敲之、琢磨之。古诗词第一怕还是要严守规矩，诗意是题外话。但毕竟是诗集，有诗意也是分内事，书中有很多好的句子，我觉得不俗，清丽动人，颇有些先贤风味：

飞绒飘雪作春花，别透晶莹素色华。（《春当》）

夏漾轻波唤睡莲，花红叶绿示人前。（《睡莲》）

而这一首《芒种》更有跌宕，近乎竹枝词，读来活泼喜庆：

农忙节气种千禾，夏日耕耘万苦多。
冒暑挥汗为刈获，秋来稻谷满筐箩。

见过几次鲁庆，杯酒往来，茶饭往来，其人好沉思，但常有喜庆。喜庆是大境界，岁序中年，最怕人丧气、闷气、悲气、愁气、酸气、盛气……

一言以蔽之,一卷《短亭草》:

喜庆洋洋,峨峨洋洋,济济洋洋。

是为序。


二〇二三年十二月一日,合肥,作我书房


(作者系安徽省文联副主席)

# 菩萨蛮·钓鱼乐（新韵）

无须钟闹披星早，匆匆背起渔箱跑。临水诱鱼忙，挥竿放线长。眼瞥浮在晃，究竟何情况。鲫鲤咬钩时，线收轻莫迟。

2012.6.18

# 钓　趣

河塘雅趣乐无边，骤雨骄阳午后连。

戏水群鱼形又变，鳊拖鲫送钓竿牵。

2012.7.7

# 忆秦娥·入伏

流火月，今天进伏骄阳烈。骄阳烈，湖边柳色，作词吟绝。

晨来快步身心悦，三言两语随常说。随常说，朝霞夕照，水边楼阙。

2012.7.18

# 瓮安魂（新韵）

草塘①古邑古风浓，老镇千年本色红。

遵义曙光生拐点，猴场会议②启明灯。

乌江天险铁军过，茶渡③难关壮士行。

不忘初心担使命，和风阵阵建新功。

2019.6.2

---

① 草塘镇是贵州瓮安县属的千年古镇。猴场在草塘镇。
② 猴场会议是红军进入贵州后，于遵义会议之前召开的一次重要会议。
③ 茶渡是乌江茶山渡口。

# 美味厨

开心周末又窝家，琢磨烹调妻女夸。

作料浅腌前夹肉，姜葱爆炒嫩腰花。

高温快焖蒸鳜鲫，细火煨炖煲鳖鲨。

与婿同饮三两酒，吃光喝尽只留渣。

2019. 8. 4

# 三河游（新韵）

冬阳午后暖如春，伴客徜徉鹊岸新。

米酒飘醇风载味，城墙厚重古连今。

仙姑楼里香正旺，杨府门中五进深。

半日光阴一瞬过，时空穿越享缤纷。

2019. 11. 17

# 晨练极寒

霍林河畔极寒天，晨起凌风大漠边。

踏雪热身观皓月，踩冰强体赛神仙。

情钟塞外人烟少，心羡江南细雨绵。

春夏秋冬潇洒过，五湖四海舞翩跹。

2019. 12. 5

# 往　事

大漠草原连鲁北①，匆匆岁月溯流遥。

高炉耸耸风沙立，铁塔昂昂焊焰烧。

设计精优参数准，施工快捷号声嘹。

寒冬忽遇冰凌至，更待甘泉雨露浇。

2019.12.8

---

　　① 鲁北为扎鲁特旗政府所在地。2013年，我在内蒙古扎鲁特负责一大型煤化工项目，正当项目如火如荼向前推进之时，因突发事件，业主的资金链断裂，项目就此停工至今。2018年冬，我几赴内蒙古寻甘找露，希望项目早日回春。故以诗记之。

# 桥头合欢树（新韵）

桥头枯树秀身姿，干曲如雕展蔓枝。

落叶飘零河上舞，低栏静守水边思。

也曾美艳谋欢欲，此刻残颜恐笑痴。

三五路人非问候，春风再度鸟鸣时。

2019. 12. 19

# 短亭草

路窄湖宽隐短亭，凝章索韵遇闲丁。

轻描淡写赓诗草，静享时光再拾零。

2020. 2. 6

# 月　光

十五星空明月夜，嫦娥挥袖助人间。

灭疫扫尘更除毒，还我晴空灿烂天。

2020. 2. 9

# 忆秦娥·新春雪（新韵）

新春雪，悄然无迹寒风冽。寒风冽，素装天地，玉清冰洁。

推窗遥看无言说，如常晨练坚如铁。坚如铁，笑迎风雨，

哪能停歇？

2020. 2. 10

# 江城子·致钟南山（新韵）

那年"非典"疫情寒，小汤山，显非凡。院士亲征，智勇涉凶滩。领将带兵妖孽斩，摇橹桨，逆行帆。

如今戎甲耄耋担，二神峦，战犹酣。火烤雷劈，猛药属南山。鲐背韶华都虎豹，争日月，唤春安。

2020.2.12

# 晓　月

初春晓月扫尘埃，远照朦胧玉兔来。
舞袖嫦娥添彩翼，凡间祛病痼疾排。

2020.2.13

## 蝶恋花·外孙满月（新韵）

褓褓幼婴啼泣小。轻晃摇篮，喜瞅乖乖宝。片刻离身片刻找，天伦膝下无烦恼。

国酒茅台香气绕。万盏千杯，翁婿微醺好。姥姥姥爷颜未老，外孙一絷金轮早。

2020. 2. 15


## 春 雪

飞绒飘雪作春花，剔透晶莹素色华。

梦醒茫然天使到，祛除灾病护清芽。

2020. 2. 16

# 冰　梅

初春响炸雷，大雪染红梅。

二者藏诗韵，悠然李杜回。

2020. 2. 17

# 平仄韵

再享诗词浪漫程，言平道仄字间行。

古今韵里千秋律，片语三言渐晓明。

2020. 2. 18

# 乡愁（新韵）

那年那月那天晴，犹记离乡启自程。

不忘恩师教世语，常思宰相①伴君忠。

曾经万里长途涉，难解千年小镇②情。

半百初心仍旧在，出生幸运大桐城。

2020.2.20


# 含饴弄孙

冬春一粲幼蒙乖，幸福盈堂喜满怀。

日月匆匆成长快，翁嬉媪抱万忧排。

2020.2.21

---

① 宰相指桐城父子宰相张英和张廷玉。
② 千年小镇指孔城镇。

# 贺家父和岳父生日①

权朝鲐背喜相逢，宝巨家明高寿同。

勘察化工行遍地，公安水利立丰功。

呕心育得须眉武，沥血栽培巾帼雄。

疫孽妖魔归路挡，唐风宋律也身躬。

2020.2.22

# 二月二

二月龙醒首尾抬，早春雀跃唤春陔。

新梅吐蕊芳菲绕，岸柳抽芽妖娆来。

万众齐鸣同忾济，千魂共熔险难排。

楚江鱼返欢游至，黄鹤雁痊高远回。

2020.2.24

---

① 家父家明正月三十生日，岳父宝巨正月二十九生日。

# 白 梅

千蜂万蝶缀枝肩，窃语私言缱绻连。

树下踌躇芳馥觅，花香四溢步难前。

2020. 2. 25

# 学诗有感

言词汉语趣兴多，浩若三江漾彩波。

万涧涓流甘汇海，千溪聚合自成河。

修堤筑坝仄平若，植树栽花韵律磨。

细虑游思章法守，诗情画意乐吟歌。

2020. 2. 26

# 生活曲

天天琐事杂烦多，煮饭熬汤日月梭。

柴米如歌添酱醋，欣迎逆境别蹉跎。

2020.2.27


# 小　资

每日诗词三两酒，琴棋字画花香有。

品茶更喜碧螺春，心羡小资痴老叟。

2020.2.28

## 行香子·四季南艳湖

南艳风光，四季花廊。春夏里、桃李芬芳。冬来秋去，月桂藏香。阔湖堤分，前堤窄，后堤长。

川流游客，欢欣如织。一家仨、牵手徜徉。孩童嬉戏，她为他妆。偶遇新喜，拍新景，贺新郎。

2020.3.1

## 行香子·东华春来再出征

春又东华，桃李新芽，寒潮过、鸟戏汀葭。芳菲满院，簇锦团花。众寻梅香，喜梅蕊，睇梅斜。

蓝图千页，征途万里，建工程、再越天涯。勇创业绩，捷报如霞。技高人精，贤人聚，众人夸。

2020.3.3

# 含笑花

含笑冠名语意优，花开半合满难求。

娇藏翠叶春风里，点滴清香淡雅柔。

2020. 3. 4

# 贺雯虹生日

甲辰丁卯凤初游，缘定泉城始泛舟。

立室金陵迎日月，营生八皖度春秋。

佳肴满席享千福，小酒几觞解万愁。

一粲呱呱添辈数，开心姥姥笑声稠。

2020. 3. 5

# 蝶恋花·叹春

庚子春来春未见。雨打梨花，桃李芳难羡。犹忆瀛枫装满院，人间四月徽因倩。

久立窗前怜彩燕。终日窝栖，远望长鸣啭。忽晓樱红黄鹤遍，高飞振翅三江畔。

2020.3.7

# 女神节

谁言巾帼让须眉，业绩骄人飒爽姿。

教子相夫尊孝道，功名路上亦腾驰。

2020.3.8

# 玉兰花

兰开玉瓣自欢娱，秃裸枝丫叶迹无。

不羡潘安花倜貌，情钟洁白耻阿谀。

2020. 3. 9

# 鹧鸪天·三月柳

三月春光柳幄柔，撩人黯起万般愁。新枝吐绿风中曳，老树漫青杪尾收。

天荡荡，地悠悠。如烟往事感怀稠。依桥伴水尘心静，硕茂平凡怎会羞？

2020. 3. 11

# 植树节

携锄带铲踏春行，挖地扶苗缮茂荣。

绿色清风吹四野，妆峦染翠赞园丁。

2020.3.12

# 晨　韵

晨风细数落英稠，晓月清辉沐塔楼。

杏李缤纷飘柳绿，欣聆翠鸟展歌喉。

2020.3.13

# 余伟胜黔归有吟

欣闻伟胜班师归，镇戍西南旅雁飞。

猎猎旌旗云贵舞，今披铠甲再扬威。

2020. 3. 14

# 蝶恋花·一粲两个月

被裹巾包婴幼小。襁褓怀中，轻拍乖乖宝。几曲黄梅鸣翠鸟。乡音哄唱堂前绕。

尿布晨更婆洗澡。热乳微迟，饥哭天难晓。琐碎难藏欢喜妙。捋须摆首翁疲扫。

2020. 3. 15

# 海　棠

暗吐芬芳二月天，清沾细雨墨香连。

盈盈叶翠镶青玉，点点苞红嵌瑞莲。

怎忘明诚金石学，犹思清照素巾笺。

花开溢出千年事，穿越追怀荡寸田。

2020. 3. 18

# 卜算子·南艳湖咏春

疫退栅门开，络绎春光赏。几度花开夜雨中，五彩今朝缯。

观碧叶红桃，抚柳丝飘漾。栈道桥边客自欢，懒步心神爽。

2020. 3. 20

# 春 分

春分燕舞百花开，昼夜均时日月裁。

柳绿桃红天地色，浓涂淡抹靓妆台。

2020.3.21

# 午后雷雨

惊雷狂雨午间行，墨色天空昼突倾。

虽喜春阳三月暖，依然笑对度阴晴。

2020.3.22

## 春晨曲

早起鸟鸣新，披曦叹赏春。

湖光妆彩色，梦幻岂成真。

2020.3.23

## 空　训

飞虹一线绘蓝天，日月星辰浩瀚连。

战燕穿梭威武秀，披曦展翅戍疆边。

2020.3.24

# 行香子·南艳湖咏春

三月风光，南艳飘香。春林里，桃李樱藏。中堤两岸，杏絮轻扬。漫步花道，赏花草，穿花廊。

声声布谷，叽叽翠鸟。雀欢吟，琴瑟笙簧。莺歌燕舞，若遇情郎。握牵君手，同君戏，逗君狂。

2020.3.25

# 外孙一粲理发

胎毛首理幼婴头，粲宝精乖发细稠。
父购平推亲自理，悠然几下帅哥犹。

2020.3.26

# 油菜花

金黄遍野洒成金，万户农家汗湿襟。

沥血勤耕收获季，丰年喜庆再歌吟。

2020.3.27


# 春　寒

夜雨凄凄淅沥淋，花红柳绿遇风侵。

冬衣再套春寒敌，怎奈残英黯沮吟。

2020.3.28

## 两海棠

西府垂丝两海棠，花开上下秀琳琅。

纤柔梗叶都华丽，绘染春光馥郁藏。

2020. 3. 29

## 小栈桥

浅水轻浮小栈桥，玻璃侧壁透芦苗。

桃红柳绿花香馥，两岸春光展百娇。

2020. 3. 30

## 落英寄思

残红满地寄哀思，祀语碑前世祖知。

梦里依稀虚实在，敬支香烛拜宗祠。

2020. 3. 31

## 春　雾

久日连阴雾气蒙，春寒夜雨不消雄。

斜风曳柳轻烟里，遍地残英草色葱。

2020. 4. 1

# 竖和横

线条简洁竖和横，尽享平凡快乐行。

绮粲风光心自有，闲樽寡欲淡公卿。

2020. 4. 2

# 桐城小花茶

龙眠古有小兰花，每到清明摘嫩芽。

细选精挑烘焙制，朝廷贡品世人夸。

2020. 4. 3

# 祭祖新风

清明祭祖创时尚，一束鲜花碑墓上。

疑是儿孙尽孝心，原来政府新风倡。

2020.4.4

# 建筑与诗

建筑如诗韵律同，实虚平仄互融中。

和谐变化皆工艺，唯美篇章典雅丰。

2020.4.5

# 外孙初到桐城

随春带粲至桐城，福满全家笑语盈。

四代同堂歌舞乐，八方俱喜菜肴精。

霖哥活泼调皮闹，珮姐安娴淡雅萌。

戏抱轮番姑又伯，慈晖逗幼祖孙情。

2020. 4. 6

# 赏　樱

芳菲四月赏樱红，水畔湖边秀色朦。

朵朵如球花锦簇，枝枝挂满彩灯笼。

2020. 4. 7

# 四月春光

天蓝地绿好春光，一缕晨曦照柳杨。

不慕神仙宫殿美，人间四月赛侯皇。

2020. 4. 8

# 内蒙古行（新韵）

乘云驾雾海航迎，取道长春大漠行。

跋涉山川为旧梦，壮心不已启新程。

2020. 4. 9

# 鲁北河

鲁北城中鲁北河，长年细水漾清波。

桥头驻足东西望，五彩流云绚缦多。

2020.4.10


# 浣溪沙·天鹅湖

煤化园区①薄水藏，天鹅转徙歇湖塘。成群结队戏波浪。

四月春光飞越至，三秋日暮见回翔。年年岁岁习如常。

2020.4.11

---

　　① 扎鲁特煤化工园区中，有一浅水的天鹅湖，每年四月和秋冬，这里是成群天鹅南北迁徙必经的歇息之地。

# 昔日工地

那年大漠号声犹，岁月峥嵘记忆稠。

万马千军鏖战地，粮干兵偃焊枪收。

2020.4.12

# 辽河旭日

辽河旭日泛春光，柳绿桃红两岸香。

迈步浮桥轻逐浪，开心老叟壮怀扬。

2020.4.14

# 蝶恋花·一粲三个月

一粲轻挥三月手，几代欢欣，片刻轮留守。嬉戏爷孙同摆首。天伦尽享几觞酒。

差旅蒙东思稚幼，穿越春光，远眺临轩牖。千里视频欢喜叟。闲吟古韵宵连昼！

2020.4.15

# 白鹭浅翔

塘边水草泛青黄，绿柳春风曳绪长。

驻足亭栏观九色，心随白鹭浅飞翔。

2020.4.16

# 启迪 5G

启迪欢迎领导临，联通网络颂歌吟。

高科 5G 强牵引，共享寰瀛奥妙寻。

2020. 4. 17

# 金陵行（新韵）

春晨早驾赴金陵，鸭血原汤两碗盛。

美味闲尝欢乐事，多年嗜好岂消停。

2020. 4. 18

# 秦淮名吃

时逢谷雨下秦淮，品味寻香走窄街。

美馔归功盐水鸭，百年名吃记心怀。

2020.4.11

# 书　情

寻章啃噬尚勤思，谙晓营生先后知。

旧库全书七部缮，新风古韵百年诗。

雪芹贾府《红楼梦》，清照闺中怨女词。

饱读华章翁少嗜，情钟更有沸腾时。

2020.4.21

# 春　寒

暮春雪舞倒春寒，差旅匆匆踏旧澜。

大漠风云多变幻，吟诗笑对赛鸿鸾。

2020.4.22

# 辽河日出

辽河日出瞬间圆，万丈霞光绚漫天。

差旅途中晨得暇，春晖尽览赏鸿篇。

2020.4.23

# 空中观落日

万米高天访月宫，余晖血色夕阳红。

穿云驾雾高飞雁，翅翼如竿钓颢穹。

2020. 4. 24

# 月　季

四季花开月月红，千家万户植培丰。

施予水土阳光照，尽显平凡馥郁葱。

2020. 4. 25

# 鲁孙两亲家喜聚①

暮春四月百花红，鲁府全家共举盅。

六合②那年初握手，桐城此地再相逢。

儿孙满屋忠贤尽，笑语盈门福寿丰。

耄耋身心康健好，朝霞夕霭绘苍穹。

2020.4.26

# 蔷　薇

蔷薇吐艳暗香来，出栅爬墙遍地栽。

玉白胭红妆翠绿，诗情画意喜登台。

2020.4.27

---

① 岳父岳母再到桐城和我的父母相聚。
② 六合为南京市六合区。

# 女儿生日

## 一

又到今年四月春，天橀生日一家亲。

红光烛焰祺祥许，老小康宁万象新。

## 二

今年生日不平常，升级母亲做粲娘。

祝福声中添稚语，推杯换盏喜洋洋。

2020.4.28

# 琼　花

花开四月岸湖边，魅力无穷聚八仙。

蜜语忠言情愫表，涓流汇暖润心田。

2020.4.29

# 劳动节园丁吟

五一晨曦照草坪，诗吟节日赞园丁。

种花洒水栽培事，添彩修枝又换容。

2020.5.1

# 浣 女

早起穿城步向东，身披五彩沐春风。

成群浣女槌声急，荡漾清波嬉笑中。

2020.5.2

# 石榴花

旭日东升五月天，和风轻拂爽心田。

石榴花艳藏春色，点点红苞欲滴鲜。

2020. 5. 3

# 五四怀古

峥嵘岁月耀光芒，五四精神气势磅。

外寇侵凌疆土破，青年抗击国门强。

睡狮雄起雷鸣吼，先辈唬呼号角昂。

血雨腥风锤傲骨，旌旗猎猎胜兵昂。

2020. 5. 4

# 立 夏

残春谢幕种莲荷，首夏低吟换季歌。

幼叶渐丰花蕾蓄，轻妆岁月自穿梭。

2020.5.5

# 睡 莲

夏漾轻波唤睡莲，花红叶绿示人前。

星辰日月常相伴，张合难藏昼夜天。

2020.5.6

# 金鸡菊

人间五月绿平常，忽见林中一片黄。

春夏韶颜千卉腼，秋冬挂彩百香藏。

土培浅植如山菊，蕊出深情似海棠。

草本宜生天地阔，花开暑热意坚强。

2020.5.7


# 北国桃红

通辽五月见桃红，关外江南季异同。

祖国山河多秀色，穿行万里遍春风。

2020.5.8

# 扎鲁特旗抒怀

内蒙古域县为旗，旖旎风光季节迟。

大漠人文彪悍勇，草原经济有周期。

牛羊喜宰迎宾客，骏马奔腾颂霸诗。

几代王侯科尔沁，群雄满汉两丰碑。

2020.5.9

# 母亲节

时逢五月尽欢歌，家有慈晖喜乐多。

几代母亲辛苦累，同堂四世子孙梭。

2020.5.10

# 炮台山公园

披霞健步登西山，未见炮台见彩斓。

澎湃心潮波荡漾，流连叹赏意难还。

2020. 5. 11

# 护士节

南丁格尔护千家，护理扶伤万众夸。

《亮剑》云龙田雨①慕，家庭事业两枝花。

2020. 5. 12

---

① 云龙、田雨是电视剧《亮剑》中的男、女主角。

# 老柳新芽

南方已夏北方春，五月蒙东柳色新。

始绿枝芽飘曳舞，披霞老树似仙神。

2020. 5. 13

# 环卫工人赞

披霞早起靓街容，统一工装马甲彤。

扫帚轻挥城市洁，欣吟片句赞功丰。

2020. 5. 14

# 蝶恋花·一粲四个月

季送春归初暑夏。一粲精乖，吮手翻身耍。整日咿呀童语霸，怎知稚意猜惊乍？

每月诗情今再写。造句填词，蝶恋花难舍。偶有巧思吟小雅，新歌老曲难停罢。

2020.5.15

# 鲁北晨吟（新韵）

薄水溪河矮巧山，宽街小巷绕城穿。

寅时五月天初亮，晨练人群络绎酣。

2020.5.16

# 雨后寒

通辽雨后寒，雀语欲听难。

早起寅时步，人稀独自欢。

2020.5.17


# 差旅回

差旅蒙东五月天，交流对接数城穿。

崎岖笑罢凄风苦，遁叟希迎握手圆。

2020.5.18

# 小草棚

又见园中小草棚，几根立柱戗轻盈。

胸怀尽敞迎新客，歇足遥思候旧卿。

2020. 5. 19

# 小　满

麦穗抽芽夏事忙，江河水涨气温扬。

欣逢小满杯频举，共祝乾坤永满堂。

2020. 5. 20

# 迟吟五二〇

别管哪天五二〇，怡情自有踱闲庭。

甜言爱语难分辨，缱绻心头暖意馨。

2020.5.21

# 榴花红

五月榴花似火红，房前屋下郁葱葱。

凝香滴艳妆初夏，果熟秋分粒籽丰。

2020.5.22

# 柳和枫

风吹熟柳岸边枫，咫尺观望夏日中。

挽手并肩经暑热，宜情四季总相逢。

2020.5.23

# 诗社活动吟

初来乍到进诗家，众智豪情酒作茶。

会长亲称呼小鲁①，韶华返旆绽春花。

2020.5.24

---

① 昨日首次参加诗人之家的诗会活动，会长称呼我小鲁，倍感亲切，仿佛又回到了韶华时光。故感怀吟之。

# 吊颈椎

几根构架竖横支，举手抬膀吊颈椎。

适度伸张筋骨活，疏通血脉体康宜。

2020.5.25

# 夜雨晨凉

晨辞雨夜晓风凉，旭日烟霞树后藏。

侧耳枝间听鸟语，不知何处暗飘香。

2020.5.26

## 孕育新景

园中置景又施工，曲榭回廊绕水中。
创意新奇赢众爱，青梅煮酒待庆功。

2020.5.27

## 晨　吟

东方日出洒晖光，逆摄随心画意强。
柳影楼台如墨染，大千世界醉诗郎。

2020.5.28

# 雏诵人

塘边柳下聚成群，不晓何因雏诵文。

一片虔心祈福寿，平安寡欲享缤纷。

2020. 5. 29

# 合欢花吟

桥头戏水又凭栏，静守寻思昨日澜①。

似发蕊针凝艳丽，如篦叶瓣合欣欢。

昼开露彩呕心血，夜闭含情表胆肝。

花语千言成万句，夫妻恩爱更添冠。

2020. 5. 30

---

① 昨日澜，指前年和去年在桥头写的赞美合欢花的诗句。

# 五彩湖边

湖边水畔嵌金黄，浅淡氤氲旭日藏。

碎步来回随意摄，心怡仲夏任徜徉。

2020. 5. 31

# 童　趣

孩提趣事怎能忘？稚嫩言行智慧藏。

毛狗洞①中寻蟋蟀，龙眠水畔觅螳螂。

情钟伙伴弹弓石，心羡同窗火药枪。

岁月如诗平仄美，童谣最是好篇章。

2020. 6. 1

---

① 毛狗洞，桐城郊外有座西门山，西门山上有一个可以容纳好几个人的山洞，俗称"毛狗洞"。

# 健身老翁

每日园中遇老翁，闲提手杖未身躬。

慈颜白首心怡至，耄耋韶华岁月同。

2020.6.2

# 夏　梦

夏夜梦频生，温馨耳语声。

晨来吟绝句，醒酒问几更。

2020.6.3

# 夏晨音符

面水凭栏秀倩姿，轻抬腿臂也成诗。

戏言欲问郎何在，手指前楼笑语嘻。

2020. 6. 4

# 芒　种

农忙节气种千禾，夏日耕耘万苦多。

冒暑挥汗为刈获，秋来稻谷满筐箩。

2020. 6. 5

# 小荷初开

方塘碧水小荷开，栈道围成赏景台。

七拐几弯留客步，诗吟岁月咏童孩。

2020.6.6

# 野　兔

喜赞园中环境好，成双野兔寻餐早。

机灵可爱形态萌，老鲁蹲拍佳趣找。

2020.6.7

# 喜读《方以智传》感怀

历史精英灿若霞，明清震烁有方家。

同窗发小鸿书著，白鹤盛开梦里花。

2020. 6. 8

# 石　柱

景石园中立路边，方形柱状似神仙。

看家护院忠心尽，耸慑无声意志坚。

2020. 6. 9

# 偷 拍

偷拍匆匆妙趣生，穿红着绿与花争。

身姿巧摆迷人眼，石上功夫似燕轻。

2020.6.10

# 小钢亭

园中半岛好风光，日夜凭湖靓丽妆。

忽见钢亭①骄肆立，哪来败笔秽筠廊？

2020.6.11

---

① 南艳湖公园，湖中半岛建一小钢亭，真是煞风景！

# 荷花吟

满塘碧叶似妆台，出水荷花浴女来。

吐艳池中嫔媵色，侯王不见众臣徊。

2020.6.12

# 暴　雨

雷鸣电闪忽空临，暴雨滂沱暮色深。

世事风云多变幻，天威蔑视御来侵。

2020.6.13

# 连天雨

今朝昨日雨连天，水涨江湖驳岸边。

暑热稍停心旷爽，何须羡慕做神仙。

2020.6.14

# 蝶恋花·一粲五个月

五月笺吟周一粲。夏日初来，哭笑都微汗。渐会翻身圆眼看，时乖时闹翁孙玩。

自幼启明平仄灌。诵念辞章，唐宋诗词伴。古韵声声三代侃，欢欣满屋频频赞。

2020.6.15

# 木槿花

弯弯窄道绿林葱，木槿花开几点红。

昼夜坚持为灿烂，平凡绽放爱心忠。

2020.6.16

# 贵州东华①吟

西南虎跃啸声昂，威震乾坤业内强。

制药精英调锭剂，化工俊杰铸煤浆。

夏经酷热夯歌激，冬受严寒焊焰狂。

岁月峥嵘几十载，东华号角遍黔扬。

2020.6.17

---

① 贵州东华，原贵州省化工医药规划设计院，2008 年 7 月进行股份制改革，由央企东华科技控股。

# 大雨晨

乌云密布满天空，暴雨将临墨色浓。

晨练园中人见少，闲跑老鲁健身匆。

2020.6.18

# 久雨乍晴

近日久氤氲，清晨见彩云。

已然晴万里，欢快伴君心。

2020.6.19

# 周末聚

徽宴楼中周末聚，几杯下肚都威武。

乡音诉说畅情怀，怎忘那年愚小鲁？

2020. 6. 20

# 父亲节逢夏至

夏至欣逢节日天，婿翁几代比英贤。

谆谆话语春风至，暖得今生福寿延。

2020. 6. 21

# 湖柳楼影

几丝垂柳览湖央，数栋城楼倒影藏。

欲写诗词邀李杜，君来出口就华章。

2020. 6. 22

# 大雨溪声

雨大浅流醒，湍波润草青。

潺潺清澈水，自在乐声听。

2020. 6. 23

# 老　伴

荻畔凭栏画面佳，相扶互伴度心斋。

那年誓约牵君手，苦辣酸甜怎释怀？

2020.6.24

# 端午怀古

角黍青青箬作襟，千包万裹谷盈心。

汨罗抛撒先公祭，远古穿行故吏寻。

2020.6.25

# 树也打吊针

树木无言挂吊针，补充营养剔妖祲。

生灵万种皆同理，健体强身必静心。

2020.6.26

# 鸟　岛

湖中小岛栖飞鸟，碧水清波妆杳渺。

静谧和谐妙趣生，成群白鹭翩翔绕。

2020.6.27

# 暴　雨

江南暴雨路成河，汇集城中见恶沱。

肆虐骄狂天似漏，难驱宝马弃舟多。

2020. 6. 28

# 再到内蒙古

辞雨庐城再建功，乘云北上享晴空。

晨披五彩河边走，漫忆那年气势雄。

2020. 6. 29

# 登扎鲁特城西高台

穿城而过见高台，五彩霞光四面来。

暑热悠柔凉爽至，心留缱绻奈何哉。

2020.6.30

# 建党 99 周年吟

旭日南湖建党程，镰锤鼓角聚忠精。

激流险峻从容步，七一光芒大宇横。

2020.7.1

# 昨日工地

时光隧道再穿行，激战蒙东气势宏。

钢构长廊通日月，回春号角几时鸣？

2020.7.2


# 小香瓜

鲁北街头本地瓜，青皮瓤白众人夸。

亲尝一片香盈口，买上几斤带我家。

2020.7.3

# 北陵公园

沈阳夏日晨风爽，迈步皇陵熙景飨。

碧叶荷花曲拱桥，更欣水柳轻拂颡。

2020. 7. 4

# 又回黄梅季

又回江南梅雨季，潮天湿地烦心肆。

何时暑热步如期，更喜汗流犹爱嗜。

2020. 7. 5

# 小 暑

小暑黄梅雨季逢，难寻夏热沐春风。

诗潮赋湿情思涌，偶得佳篇感悟丰。

2020.7.6

# 忆高考

那年试剑比锋芒，万众青衿博弈强。

下笔行云多写意，答题沐雨少思量。

农医路上勤精涉，数理征程欲启航。

苦读寒窗师孔孟，蟾宫折桂榜名扬。

2020.7.7

# 蓝天白云

庐城偶见白云飘，五彩苍穹尽殢娇。

万木葱茏张目眺，天成画笔自勾描。

2020.7.8

# 南艳湖新景

南艳园中赏景新，平坡曲道又逡巡。

耕红植绿播奇彩，翘首相望万木春。

2020.7.9

# 紫薇吟（新韵）

簇聚新红树杪间，花开灿烂寂无言。

甘为暑夏妆春色，不慕庭廊赛九仙。

2020.7.10

# 大雨吟

拂晓昏沉雨欲来，黄梅久日盼天开。

任随湿袭恒心铁，健步难停妙趣哉。

2020.7.11

# 汤池浣女

汤池碧水细流长，浣女槌声似乐扬。

五彩桥边金孔雀，晨歌一曲激情昂。

2020. 7. 12

# 观《三国演义》感怀

追剧天天寻史前，穿行远古两千年。

疆场武士拼刀猛，汉室文臣试笔贤。

刘备孔明仁义尽，曹操仲达伐谋全。

沉思感悟凡心至，爵位功名滴水涟。

2020. 7. 14

# 蝶恋花·一粲六个月

岁月飞梭孙长快。襁褓婴儿，转瞬多神采。叽里呱啦言语态，难明啥意欢欣在。

辅食添加真不赖。米面稀稠，吮吸难疏懈。勺喂怡然头喜摆，诗仙也妒祈分赉。

2020.7.15


# 阴　雨

仲夏晨风确觉凉，阴天湿雨久时长。

黄梅止步晴空待，旭日东升盼艳阳。

2020.7.16

## 栏开见新景

拆卸围栏景色新，心怀敞露喜迎宾。

游人驻足风光赏，满目春装绿草茵。

2020.7.17

## 天池漏水

电闪雷鸣雨水滂，乌云滚滚显骄狂。

天池底漏谁人缮？奖得灵娲做喜郎。

2020.7.18

# 暴雨倾盆

暴雨滂沱也健行，狂言赞语怎豪情？

苍天慑服叹神勇，岂敢无端肆意倾。

2020.7.19

# 天　晴

久雨连天肇始晴，阴云散尽女娲赢。

洪灾猛浪何堪惧，我唤朝阳五彩呈。

2020.7.20

# 俩人晨练吟

雨后携妻健步行，园中景色喜恭迎。

难寻妙处何方在，最好随君遍地呈。

2020. 7. 21

# 大暑抗洪

大暑清凉未见炎，连天暴雨水灾添。

一心只把洪魔抗，筑坝填洼救里阎。

2020. 7. 22

# 暑假晨吟

夏假园中总角①多，牵儿带女爱穿梭。

家庭学校双培育，翌日何愁不凯歌。

2020. 7. 23

# 体育公园

体育公园快落成，雏形已显馆场迎。

强身健体家门口，锻炼无须再远行。

2020. 7. 24

---

① 古代八岁至十四岁的少年，称"总角"。此处指小学生。

# 临窗幻景

实虚合一画清优，览尽霞光绘远楼。

启牖单扇观七彩，心神畅爽解千愁。

2020.7.25

# 无花果

街边又见无花果，喜买每天尝几颗。

润肺滋脾健胃优，人间百味皆多哿。

2020.7.26

## 祭英雄陈陆

本是消防救火人，洪灾勇战舍心身。

辞儿别妻凶滩涉，一首哀诗泪湿巾。

2020.7.28

## 贺《皖江诗辑》初开网页

又晓吟家幔幕开，千诗万赋共妆台。

并肩挽手寻佳韵，一首新歌赛半垓。

2020.7.29

# 炮弹厂公园吟怀

炮弹公园景色新，遗留旧址艳湖滨。

今朝广众穿行过，昔日东倭霸占沦。

世界和平安谧享，兵家止剑战争泯。

欣裁岁月韶华去，独享芬芳自诩神。

2020.7.30


# 噪音新污染

寂静安闲梦五更，轰轰慢驶扫尘行。

车清垃圾多时有，噪音何能扰众生？

2020.7.31

# 建军节抒怀

南昌起义战旗红，八一军威震宇空。

紧握钢枪跟党走，戎疆卫国赤心忠。

2020. 8. 1

# 彩　云

窗外晨晖五彩天，红云幻影梦花延。

寻诗索韵难平仄，最慕千年李白仙。

2020. 8. 2

# 伏天来

黄梅歇息伏天来，淫雨骄阳夏日裁。

绕步公园迎暑热，衣衿汗湿也颜开。

2020.8.4

# 咏白莲

八月千花独咏莲，微开半合白华笺。

轻装夏日诗章写，淡绘池塘韵律延。

久慕唐风藏万语，常吟素洁续佳篇。

难充李杜凡人作，小赋天天自圣仙。

2020.8.5

# 大漠晚霞

大漠残阳气势雄，豪情泼墨染苍穹。

霞辉异彩天笺绘，过旅行辀再赴蒙。

2020. 8. 6

# 大漠晨曦

大漠晨曦绚缦天，云磨笔砚画灵仙。

嫦娥艳遇牵娇兔，夏去秋来月正圆。

2020. 8. 7

# 秋雨吟

细雨蒙蒙旷爽晨，凉风习习倍宜人。

甘泉润物千禾绿，更盼重生乙二醇①。

2020.8.8

# 再咏小香瓜

曾经咏赞小香瓜，其实今时季最佳。

一个三元低价格，甘甜脆嫩味不差。

2020.8.9

---

① 乙二醇，指我几年前参与的内蒙古扎鲁特旗因故停工几年的煤制乙二醇项目。

# 大漠秋晨

大漠初秋已觉凉，寅时四点赏骄阳。

晨温十八人宜爽，避暑难推别地方。

2020.8.10

# 钓　神

柳下湖边独钓人，专心静瞅待鱼津。

漂浮七粒随波漾，有否咬钩兀自神。

2020.8.11

# 绚丽天

嫦娥舞袖觅飞丹，拾得哪人七色盘。

浓彩轻调邀莫奈，千家画派比谁冠。

2020.8.12

# 室内健步吟

难逢大漠雨倾盆，湿冷风寒锁栈门。

室内循环跑步①走，脂腴不让体中存。

2020.8.13

---

① 晨起欲出门锻炼，室外雨大湿冷风寒，又返回室内跑步。

# 黄瓤西瓜

黄瓤黑子味甘甜，球状青皮汁润黏。

除火清凉平血压，闲尝几瓣解蒸炎。

2020.8.14

# 蝶恋花·一粲七个月

夏去秋来迎四季。七月缤纷，一粲言行智。坐立翻身都独自，甚欢伟爸扛头戏。

健脑强心荤粉制。选买加工，网学流程细。奶奶外婆交互替，频繁逗乐吾家喜。

2020.8.15

# 三伏吟

三伏江淮暑热蒸，骄阳似火炙飞腾。

听凭汗水身淋透，阔步前行意志恒。

2020.8.16

# 江城子·蓝鼎环保赞

腾飞产业致霾蒙，水污浓，蔽霞虹。环保三军①，精准扫魔风。布袋除尘生化②治，迁炉塔，警长钟。

能源科技十年丰，奖旗红，庆熙隆。蓝鼎骄龙，清理显神功。锦绣山川云雾散，香扑鼻，朗苍穹。

2020.8.17

---

① 三军，即"三废"（废水、废气、废渣）治理大军。

② 生化，生化法污水处理。

# 诗神酒仙

杯中自有壮魂情，举酒豪言没不行。

醉倒诗家神韵出，撷来日月送仁兄。

2020.8.18

# 秋　荷

林中菀柳掩秋荷，绿叶红莲映碧波。

晨立塘边吟旧韵，心神旷荡唱新歌。

2020.8.19

# 暑汗吟

伏暑晴天雨汗多，却能解毒最除疴。

晨时顶热环湖走，难阻诗情怎不歌？

2020.8.20


# 风雨送秋凉

昨夜疾风大雨狂，今晨伏虎却秋凉。

人生四季多寒暑，冷暖皆欢喜怒藏。

2020.8.21

# 紫薇即兴

紫薇一朵路中伸，尽管孤枝也诱人。

吐艳林间藏稚嫩，红花绿叶扮秋晨。

2020.8.22

# 周末闲吟

周末闲情一碗觞，三朋两友品肴香。

谈天说海言今夕，织女桥头约董郎。

2020.8.23

# 周末老同事小聚

归来八皖晋阳人，酾酒几杯众洗尘。

土木①高贤觞万盏，东华杰士赛仙神。

2020.8.24

# 梦　境

嘉朋昨夜梦②依稀，旧日音容幻觉归。

掼蛋牌来赢岁月，那年趣事逗哥几。

2020.8.26

---

① 土木，土木工程专业。
② 昨夜有梦，依稀同窗旧友相聚于南京老楼，掼蛋把酒，喜乐开怀。故记
之。

# 违令游泳者

中堤迈步享悠闲，泳者违章戏水间。
告示髹牌湖畔立，人讥众笑耻羞颜。

2020.8.27

# 七夕吟怀

今宵七夕又思宾，遥望苍穹凄美姻。
草屋牛郎依老树，天宫织女恋田人。
千年故事鹊恭启，万载佳篇宿怨泯。
长向青山歌一曲，寄情北斗做仙神。

2020.8.28

# 木栈道

木道林中静谧藏，塘边柳下曲悠长。

蝉鸣不绝歌声起，怀揣诗情度画廊。

2020.8.28

# 栾　树

栾树昂然又染秋，一年一度彩枝头。

是花是果呈多色，随手拈来雅韵收。

2020.8.29

# 晨吟抒怀

柳密帘疏眺远楼，千丝晃曳荡心舟。

尘间杂事犹飞幕，寡欲清恬淡所求。

2020.8.30

# 环湖吟

环湖迈步享晨烟，不慕虚华自喻仙。

笑涉凡尘山水路，一壶觞酒作丹泉。

2020.8.31

# 蟋蟀鸣秋

密草花丛蟋蟀鸣，秋来五彩伴和声。

躬身细觅难擒获，蹦跳无踪斗智精。

2020.9.1

# 中元节

节至中元月影封，平心静拜祭灵宗。

恭言万语儿孙孝，不抵恩光普照浓。

2020.9.2

# 月　圆

中元节后月仍圆，静守苍穹不做仙。

飨饮吴刚陈窖酒，蟾宫一醉万千年。

2020.9.3

# 秋　月

为赏清光早出门，秋风柳影写诗痕。

难寻颂语吟佳韵，远望婵娟怎守魂？

2020.9.4

# 雀　鸟

叽叽雀鸟戏枝头，俏语欢欣怎有愁？

树下尽寻难见影，无踪仅觉晓风柔。

2020.9.5


# 日　出

一轮旭日耀东方，如火云霞五彩光。

倒影成双虚实美，诗情怎抑不飞扬？

2020.9.6

# 白露大漠行①

白露蝉鸣大漠寒，复苏旧恙疗疮瘢。

牛羊最好原滋味，蒙古包中待大餐。

2020.9.7

# 祈　春

三番五次赴蒙东，欲启那年乙二醇。

辏集几方同酝酿，翘颙项目再逢春。

2020.9.8

---

# 缅怀伟人①

童心始启就知忠，旭日红光染碧空。

掬饮清泉甘露润，千家万户颂毛公。

2020.9.9

# 教师节吟

一支粉笔写春秋，桃李芳菲硕果收。

语数诗情吟理化，平生呕血怎甘休？

2020.9.10

---

① 伟人毛泽东逝去 44 周年感怀。

# 紫薇道

雨后秋高景色新，紫薇道上落英缤。

残花有泪无言诉，古韵轻吟自诩神。

2020. 9. 11

# 咏司空山

司空梦幻佛山连，法雨禅风过店前。

各路名家纷仰至，君王不做做诗仙。

2020. 9. 12

# 诗佛交流吟

二祖禅宗恒久长，高师惠赠佛珠香。

连心合璧谋融远，佛派诗家共挹扬。

2020.9.13

# 禅　心

大别山中曲道幽，司空刹里解凡愁。

禅言佛语闲心静，忘却尘嚣寡欲求。

2020.9.14

# 蝶恋花·一粲八个月

八月匆匆时岁急。喜瞅孙儿，独自扶栏立。凝目传神奇趣觅，圈椅背上常攀陟。

小米蔬泥添辅食。养分均衡，勺喂几餐吃。也有心烦吭唧唧，公公逗乐多慈膝。

2020. 9. 15


# 结婚纪念日吟

不忘泉城共比肩，苏山皖水彩虹天。

酸甜苦辣都尝受，还是那时百味鲜。

2020. 9. 16

# 古特山泉吟

云中吉水驾虹来，古特山泉领霸台。

弱碱天成难乐得，妆容保健任心裁。

2020.9.17

# 赞司空山吟坛酒

司空泉水酿吟坛，古法家传技艺冠。

精细脱醇甜入口，诗家畅饮尽余欢。

2020.9.18

# 跑团接力赛

南艳秋来赛事多，红男绿女自穿梭。

跑团接力争先后，乐在其中不琢磨。

2020.9.19

# 梓树村采风吟

梓树桥头涧水悠，山村旷谧雀声柔。

风车默守溪边盼，翘待诗家妙语稠。

2020.9.20

# 江城子·司空山采风

司空古景璧珠连，宋桥残，小溪旋。一对苦槠，相守越千年。路转车行如梦幻，东俊美，北灵川。

诗家僧侣共咨禅，聚群贤，写专栏。佛福相牵，二祖寺中缘。求得真经祈趸愿，风雨顺，万家安。

2020.9.21

# 再到内蒙古

五次三番到扎旗①，翻苏启动待何时。

霞光乍显逢云雨，翘望雷鸣再誓师。

2020.9.22

---

① 扎旗，内蒙古扎鲁特旗，本地人简称。

# 大漠秋晨

八月秋晨大漠寒，曦光绚丽照峰峦。

江南客旅逍遥至，盎溢心怀迟未鞍。

2020.9.23

# 旧日工地干煤棚

草原静卧大煤棚，往事穿梭旧地行。

溯忆那年装启梠，彩虹一道驾云迎。①

2020.9.24

---

① 当年钢煤棚施工时，当起步架合龙之际，天空惊现一道彩虹，和网架形成一道巨大的同心圆弧。

# 沈阳将军公园吟

秋晨迈步奉天城，关外江南屡远征。

戏水穿桥娱乐自，公园偶扮将军兵。

2020.9.25

# 桂花香

适逢八月桂花香，米蕊金芽绿叶藏。

节近中秋无好礼，清泉玉液送吴刚。

2020.9.26

# 祥云小吟

天穹溢彩挂祥云，赤焰飘浮似火焚。

极目秋高寻古韵，诗山赋海赞辞殷。

2020.9.27

# 南艳湖秋晨

柳影曦光碧水清，秋蝉雀鸟竞欢鸣。

无须笔墨蘸浓彩，一派天然画自成。

2020.9.28

# 窗外桂花香

房前屋后桂花开，月影星光透树来。

早起推窗香扑鼻，难藏喜悦若童孩。

2020.9.29

# 国庆环湖跑

国庆环湖长跑赛，一年一度全民爱。

不分老少共随肩，魅力经开欢乐在。

2020.9.30

# 双节吟

中秋国庆巧相逢，鲁府徐家喜气隆。

赏月举杯几代乐，酒香蟹嫩佐餐丰。

2020.10.2

# 天紫四季花城

天紫花园四季城，文都门户上宾迎。

五星酒店奢华享，引领潮流谁与争？

2020.10.3

# 再到钟祥

中秋酒罢再钟祥，女婿家乡古韵藏。

嘉靖明皇天御府，莫愁湖畔赏波扬。

2020. 10. 4

# 钟祥莫愁湖

碧水清波柳影中，周边栈道砥浪冲。

遐思抚景莫愁女，可有金陵好老公？

2020. 10. 5

# 钟祥蟠龙菜

钟祥古味蟠龙菜，肉滑鱼鲜民众爱。

嘉靖明皇喜诏筵，佳肴佐酒侯王赉。

2020. 10. 6

# 钟祥明显陵

纯德山中远古藏，一陵两冢寝明皇。

丰功岁月千秋过，但见今人拜谒怅。

2020. 10. 7

## 钟祥米茶

民间小吃诱千家，食饮皆宜赞米茶。

滋味苦甜清淡爽，嫔妃也享贵人奢。

2020. 10. 8

## 钟祥吟

荆风楚雨史弥长，万户黎民百岁祥。

特色米茶汤爽适，蟠龙御菜味鲜香。

承天府阔群臣碌，明显陵深双冢凉。

溯古吟今多璀璨，汉江潮涌赞灵皇。

2020. 10. 9

# 钟祥归

双节期间楚地游，白云边酒味浓稠。

亲家酌兕几天乐，饮罢归来喜庆牛。

2020. 10. 10

# 三秋吟

寒砧露朵韵三秋，旭日朝晖柳影柔。

轻唤凉蝉晨曲唱，嗟惊百鸟也和啾。

2020. 10. 11

# 秋月感怀

秋去冬来绿叶黄，月圆又缺季如常。

人生苦短多相惜，愿把乾坤作暖床。

2020. 10. 12

# 滨湖孔雀街小聚吟

城南孔雀唱新歌，宴遇餐厅故事多。

锁闭启开都结义，欣逢绿叶庆丰禾。

2020. 10. 13

# 秋晨吟

柳幕徐开显远楼，祥云五彩压枝头。

满园金桂飘香郁，诱得闲家喜逗留。

2020. 10. 14

# 蝶恋花·一粲九个月

金桂飘香秋九月。董奶虹婆，忙碌身难歇。国庆中秋逢两节，周家鲁府亲情叠。

楚水荆山携粲谒。四代爷孙，喜享天伦悦。双手相牵难舍别，传神四目犹穿越。

2020. 10. 15

# 夜雨晨凉

蒙蒙夜雨季添凉，满地离花落叶藏。

独伞斜撑难抵御，轻风也会湿秋装。

2020.10.16

# 百期约跑吟

欣逢周末艳阳天，逐梦经开赛事连。

为爱启程来约跑，他追我赶众争先。

2020.10.17

123

# 约星邀月吟

早约星辰霁月明，晚秋南艳踏歌行。

寻梅喜见红枫锦，庆赍诗吟古韵呈。

2020. 10. 18

# 秋　凉

月隐星空早晚凉，深秋昼短夜时长。

天香淡去鸾花谢，唯有诗情在抑扬。

2020. 10. 20

# 高中师生聚

昔日同窗自顺迎，师生再聚众觞盈。

那年旧事仍风趣，不忘韶华妙语呈。

2020. 10. 21

# 赞樱树叶

樱花谢去叶斑斓，妙染丹青五彩颜。

疑是西洋哪画派，凡·高佳作落枝间。

2020. 10. 22

# 霜　降

轻踏初霜晓露寒，湖光水色泛微澜。

秋冬节气潜更替，翘望梅红傲雪欢。

2020. 10. 23

# 南艳晨吟

朝霞五彩耀金光，碧水红波火焰藏。

远足三山寻丽处，家门好景惹人狂。

2020. 10. 24

## 重阳敬老节

登高望远颂重阳，孝敬家贤自古长。

耄耋如童多拜慰，满堂添喜寿爹娘。

2020.10.25


## 再赞樱树叶

不是红花却似花，几多灿烂秀枝丫。

斑斓若问何方出，岛国东瀛是老家。

2020.10.26

# 半岛乌桕吟

湖中半岛映秋浓，乌桕成双喜近冬。

绚丽枝头虚实美，闲观彩墨水间融。

2020.10.27

# 潜山诗书画赛吟

天柱山吟颂晚秋，诗家雅聚古舒州。

新风古韵篇章竞，书画戎歌最大优。

2020.10.28

# 潜山诗赛吟

庚子舒州赋壮篇，时艰共克动心弦。

诗家捻韵英雄赞，作赋班师庆凯旋。

2020.10.29

# 潜山诗歌赛篝火晚会吟

篝火红红烤肉香，诗家晚会激情昂。

高歌载舞中华颂，礼让精神世界扬。

2020.10.30

# 南艳湖书屋未遇老同学

白梦来时我未来，良机错失又叹唉。

书家自幼同窗读，恭喜如今登讲台。

2020. 10. 31

# 彩秋吟

季过三秋已近冬，林中五彩染枫浓。

新诗古韵何须觅，随手拈来画意丰。

2020. 11. 1

# 残荷吟

又见荷枯曲颈弯，星空倒影共斓斑。

身残傲气仍然在，但待来春尖角还。

2020.11.2

# 南艳湖南堤吟

枫红柳绿秀南堤，樱树枝头雀鸟栖。

碧水湖边晨曲美，人间秋色赛云霓。

2020.11.3

# 石楠老师来桐城诗院有吟

文都小院艳阳高，绿叶丛中尽李桃。

盛德先师谈笑至，穿行往事伴君遨。

2020. 11. 5

# 庚子最后一个秋日吟

今日秋归次日冬，如歌岁月物仍丰。

林中履步见霜叶，二月红花靓丽浓。

2020. 11. 6

# 庚子第一冬日感怀

昨日还秋今已冬，年华似水绮情钟。

如烟往事皆谈笑，唯有诗心最暖胸。

2020.11.7

# 南京家人聚会

金陵喜见众家人，四代同堂如入春。

畅叙浮觞那岁月，开心历历桌前陈。

2020.11.8

# 初冬寒

刚入初冬就觉寒，枝头翠鸟叫声残。

霜生露起冰凝近，翘首梅红绘彩丹。

2020. 11. 9


# 冬　晨

晨起披霞踏薄霜，林中遍地见金黄。

初冬好景无须觅，喜看门前五彩装。

2020. 11. 10

# 月亮的微笑

枝头晓月远光柔，嘴角微弯笑意留。

叶影疏风甘露品，龙眠小子也王侯。

2020.11.11

# 海市蜃楼

午后家中见蜃楼①，虚无缥缈景难留。

人间恍惚几多事，笑看风云荡梦舟。

2020.11.12

---

① 昨日午后，南艳湖惊现海市蜃楼景色，甚为壮观。

# 阀　门

低调躬身管道中，也藏地下也高空。

启开闭合平常事，默默无言却见功。

2020. 11. 13

# 混凝土

西山碎石小河沙，掺进泥灰固化赞。

大厦高楼充骨架，甘心垫路众人夸。

2020. 11. 14

# 蝶恋花·一粲十个月

漫卷红枫牵稚手。秋去冬来，一粲摇头走。不愿怀中搂抱久，轻轻步履身如柳。

睁眼始终神态赳。牛奶稠糊，勺喂频开口。伟爸楹妈陪左右，开心辛苦全天守。

2020.11.15

# 脚手架

根根钢管列成排，扣件毗连搭晋阶。

托起平台身手展，宏图铸就乐开怀。

2020.11.16

# 焊　枪

如枪吐焰射蓝光，极热高温化韧钢。

旧梦新歌闲肆焊，融情抒爱著新章。

2020.11.17

# 塔　吊

高昂屹立九天中，吊起晨阳送彩虹。

梦想随风飘荡至，轻挥巨臂绘苍穹。

2020.11.18

# 桐城诗院开伙吟

诗家雅聚笑声欢，书院开张自助餐。

都是高厨齐动手，佳肴满席酒觞干。

2020.11.19

# 冬　旅

夜色斑斓落奉天，蒙东八皖窘途连。

殷勤频次又寻觅，吉露何时润旧田？

2020.11.20

# 暴雪行<sup>①</sup>

暴雪犹如猛虎狞，骄狂阻隔路难行。

驱车大漠坚冰履，日落归人酒压惊。

2020.11.21

# 庚子小雪

庚子冬来潴露多，寒风刺骨踩冰歌。

时逢小雪残花尽，却有梅枝蕊粒驮。

2020.11.22

---

① 昨日驱车从沈阳赴内蒙古扎鲁特旗，因暴雪，平时 4 小时的车程，开了近 12 小时。

# 旧　梦

光阴定格已多年，旧梦难醒大漠边。

铁塔如林甘露候，几时盼得艳阳天。

2020.11.23

# 东北晨光曲

浅水冰封老柳吟，河边旭日灿如金。

桥头唱起晨光曲，却是人间最美音。

2020.11.24

# 雪后通辽

雪袭通辽洁白皑，诗冰韵冷随心裁。

归人独旅迎冬日，且听轻吟七绝来。

2020. 11. 25


# 大漠回

步履艰冰大漠回，江南细雨斟觞杯。

谁言四海多兄弟，怎比孙儿笑脸偎？

2020. 11. 27

## 贺诗人之家年会召开

庚子冬来墨客临，诗家捻韵雅篇吟。

唐风宋雨思幽古，李杜情怀堪比今。

2020. 11. 28

## 诗人之家年会有感

笑溢蓝湾墨客迎，携诗带韵聚庐城。

才疏学辈羞恩奖，策马扬鞭励我行。

2020. 11. 29

# 冬晨曲

枝头雀鸟起身鸣，戏谑寒风旭日迎。

不惧巢边霜露重，随心捻韵放歌行。

2020.11.30

# 南艳湖中堤吟

南艳中堤五彩浓，樱枫柳影喜迎冬。

双桥拱起东西越，四季诗情四季融。

2020.12.1

# 冬雨晨

蒙蒙细雨晓晨寒，潇洒园中盛景观。

谁说冬来花木谢，风吹彩叶老翁欢。

2020.12.2

# 同窗小聚

小聚盈杯楚味香，桐中趣事怎能忘？

那年逐梦寒窗苦，幸喜今朝享健康。

2020.12.3

# 合肥南艳湖晨光曲

湖光水色秀黎明，柳影低垂早客迎。

小岛浮身幽静美，轻言勿扰鸟轻鸣。

2020. 12. 4

# 冬晨小景

河中水鸭列成排，岸上行人尽阐谐。

弱柳风吹摇曳舞，寒冬丽景暖心怀。

2020. 12. 5

# 冰冷晨

浓霜重露袭冬晨，晓梦惊醒早起人。

老路冰封寒意再，噫风蓄暖抚心身。

2020.12.6

# 大　雪

时逢大雪季添寒，万木枯颜百草残。

怎惧冰冬风刺骨，晨霜笑踩步轻欢。

2020.12.7

# 晨风细雨晨

晨风细雨化初霜，染得堤边百草黄。

莫说冬来皆败色，林中却见柳条扬。

2020.12.8

# 花甲感怀

岁月无痕面有纹，光阴若水满氤氲。

悠然不觉临花甲，老骥荃蹄再建勋。

2020.12.9

# 强与弱

争强未必就真强，示弱和谦也霸王。

自古风云多变幻，怎能仰首永高昂？

2020. 12. 11

# 冬景仙境

细柳高楼水影朦，归零温度染红枫。

云烟脚下仙神至，偶遇娇娥若殿宫。

2020. 12. 12

# 空　景

水色空空落秃枝，冬来万木候枯期。

高天无彩灰光弱，却有清波入雅诗。

2020. 12. 13


# 初　雪

瑞雪初来映吉祥，冰含洁白送情郎。

佳诗妙韵难倾诉，唯有真心素白藏。

2020. 12. 14

# 蝶恋花·一粲十一个月

四季轮回冬又到。喜看孙儿，快乐逢人笑。玩具简单杯盖要，翻开琢磨欢欣敲。

每次醒来扶膝绕。学语开言，只管咿呀叫。戏耍公园常拒抱，游人遇见都夸好。

2020.12.15

# 旭日彩云

雪后晴空展彩云，心怀雅韵写诗文。

林间旭日光芒照，洒下尘间万里氲。

2020.12.16

# 寒冬夜

一夜寒霜透彻凉，冬花后面怨枝长。

春风梦里千条柳，再渡心舟共逐浪。

2020.12.17

# 芦草冬吟

水畔冬芦已渐黄，躬身屈背避寒霜。

尘间四季多风雨，来岁春天绿再扬。

2020.12.18

# 桐城叶家湾采风

叶家湾里暖如春，白鸭成群戏水滨。

大小龙潭山瀑挂，诗来韵往赛歌新。

2020. 12. 20

# 冬至吟怀

节逢冬至晓天迟，露重霜寒冻馁思。

待到来年春暖日，鄙人换墨赋新诗。

2020. 12. 21

# 冬 霜

如雪冬霜遍野铺，天寒地冻雀声无。

临边栈道哪人在，唯有几排足印孤。

2020. 12. 22

# 往 事

远忆那年往事新，天山雪舞偶充神。

王侯帝相云烟里，恍若遐疆不老春。

2020. 12. 23

# 冬　景

虽是寒冬万木凋，塘边柳下赏枫娇。

荷莲小歇明春待，尖角蜻蜓羽翼摇。


2020.12.24


# 平安夜闲聚

岁末年初小聚欢，邀朋把酒庆康安。

文人墨客闲吟乐，随意诗来韵味宽。


2020.12.25

# 浓云锁晨天

浓云密布锁晨天，仰望东方尽黯然。

落叶林中甘露润，春来翠绿杪梢前。

2020. 12. 26

# 采访抗美援朝老兵

## 一

那年岁月起烽烟，鸭绿江潮共比肩。

抗美援朝凌壮志，军功奖誉铸鸿篇。

## 二

新婚两月别新娘，儿女情长放两旁。

鸭绿江边迎锐敌，精忠报国战功扬。

2020. 12. 27

# 采访志愿军老兵

## 一

侵凌战火近辽东，面对枪炮奋勇冲。

志愿军人同敌忾，以弱胜强立奇功。

## 二

老兵风采谱新歌，细说烽烟故事多。

杀敌一心图报国，男儿血洒异乡河。

2020.12.28

# 共　伞

蒙蒙细雨并肩行，小伞温馨两共撑。

四季花开长路伴，家和友睦不相争。

2020.12.29

# 寒天辞旧岁

雪后天寒覆水冰，枝间小鸟自骄矜。

金光旭日辞年岁，策马扬鞭万里征。

2020. 12. 31

# 江城子·悼念邱军<sup>①</sup>

惊愕噩讯悼成真，化工人，了忠魂。正是韶华，西去访仙神。还有几多圆梦事，帮致富，助扶贫。

那年大漠将官新，领千军，战无垠。笑对风沙，高塔入烟云。今却举觞斟泣泪，思傲骨，祭陵坟。

2021. 1. 10

---

① 2016年春夏之交，我从内蒙古康乃尔煤制乙二醇总承包施工现场调回公司本部。当时和邱军工作交接的场景仍历历在目。

# 蝶恋花·一粲十二个月

岁月如歌诗意好。一粲成天，独自欢欣跑。叽里呱啦言语早，摇头摆脑撩人笑。

众说机灵夸智巧。奇问几多，妙答词难找。岂有贤能天地晓，周家鲁府乖乖宝。

2021.1.15

# 江城子·元宵节抒怀

元宵十五在他乡，黯心伤，却身忙。为了东华，都是好儿郎。塞外江南明月夜，思万缕，怎能藏？

安全把脉靠规章，核门窗，再衡量。铁塔高炉，也敢比雄强。盛碗汤圆同样乐，芝麻馅，味真香。

2021.2.26

# 大漠朝阳

大漠朝阳气势雄，豪情泼墨染苍穹。

丹虹异彩天笺绘，过旅行辀再赴蒙。

2021. 8. 31

# 大漠彩虹

大漠飞虹碧潋天，嫦娥舞袖也诗仙。

园中绿叶秋黄染，总是萦怀梦鹿牵。

2021. 9. 3

# 《同步悦读》文学采风吟[①]

金秋时节聚宜城，旧友新朋笑语迎。

你我缘生同阅读，篇章里面觅庖丁。

2021.10.18

# 壬寅春节吟

张灯结彩庆新年，祝福千家万户圆。

螭虎更添双羽翼，壬寅展翅再坤乾。

2022.2.1

---

① 有幸参与《同步悦读》2021年采风活动——"走进文化名城安庆"。故记之。

# 壬寅惊蛰

二月惊雷唤梦醒，冬眠万物怎安宁。

谁家屋后炊烟起，只见飞燕逐令偓。

2022.3.5

# 春　雨

思春夜雨寄缠绵，梦鹿萦怀恍若烟。

不问缘何心缱绻，诗中自有解章篇。

2022.4.13

162

# 壬寅立夏

残春谢暮种莲荷，首夏低吟换季歌。

幼叶渐丰花蕾蓄，轻妆岁月自穿梭。

2022.5.5

# 母亲节祈福母亲

情深梦浅睡无眠，夏夜风轻烛泪燃。

病困慈晖因脑塞，颙祈疾去早瘳痊。

2022.5.8

# 七律 · 贺诗人程绿叶公子大婚

山盟誓约结良缘，一缕红绳彼此牵。

李府郎君天赐俊，姚家瑾女玉成胭。

嫦娥舞袖歌婚嫁，月兔躬身送宝莲。

喜得余生春雨沐，凡卿更有好吟肩。

2022. 5. 20

# 壬寅小满

麦穗抽芽夏事忙，江河水涨气温扬。

欣逢节气杯频举，共祝乾坤永一堂。

2022. 5. 21

# 夏日细雨晨练即兴

蒙蒙细雨送清凉，夏日风吹未诩张。

暵热姗姗来又去，诗家好韵怎能藏?

2022. 6. 6

# 钓　夏

晨迎暑热钓塘边，汗湿衣襟意志坚。

紧瞅浮漂观动静，欣然晚膳有鱼鲜。

2022. 7. 9

## 紫薇即兴

百日红花思洧津，比肩绿柳若虹伸。

三枝四朵藏诗韵，自恋幽芳怎恚嗔？

2022.7.17

## 壬寅立秋

夏去秋来未觉秋，红荷碧叶满塘游。

难熬镬煮蒸依旧，怎奈央祈烈焰柔？

2022.8.7

# 壬寅处暑

炎炎夏日避骄阳，烈焰燃身怎躲藏？

处暑难消仍烤煮，秋风过后未秋凉。

2022.8.23

# 喜都归来

龙嘉有客返新桥，剑女归家路怎遥？

拾得星光藏广袖，全然不吝赠玄髫。

2022.8.28

# 壬寅中秋节

壬寅八月揽连薨，日照秋高万里晴。

皖水清清澜漫起，徽山绿绿碧波清。

诗书挥洒留新句，儿女归来尝美羹。

煮酒楼台斟慰悦，华佗再请疾瘳迎。

2022. 9. 10

# 长相思·无思

日抒思，夜抒思。君晓闲家老汉痴，谁人又自知？

早吟诗，晚吟诗。夏去秋来心已疲，夕阳不再期。

2022. 9. 14

# 琥珀婚抒怀

三十多年岁月稠，孙家鲁府自清遒。

虹来庆往同甘苦，绿鬓朱颜共白头。

2022.9.16

# 壬寅秋分

今宵以后夜渐长，梦断时分梦已凉。

分去缘来天难定，何须旷费抹心霜。

2022.9.23

# 烈士纪念日吟

敌寇东倭肆虐狂，军民奋起战沙场。

山河永记英雄志，烈士精神万古扬。

2022. 9. 30


# 国庆吟

七十三年号角鸣，情钟祖国爱心呈。

红旗指引前方路，再拥阳光夕照迎。

2022. 10. 1

# 秋晨吟

红天彩水秀东方，远眺晨阳旭日藏。

老汉闲来闲步走，诗吟赏景习为常。

2022. 10. 18

# 获中华诗词学会会员证即兴

一本红书快递来，诗词韵律再登台。

平添羽翼高飞远，老汉秋吟甚幸哉。

2022. 10. 19

## 壬寅霜降

寒霜碎步踏江淮，八皖秋波又落崖。

握手三冬难起意，今朝过后辨谁乖。

2022. 10. 23

## 晨　练

晚秋细雨乍来轻，小跑圈中隐翠琼。

鸟弋低飞勤练翅，环湖道上古诗呈。

2022. 10. 27

# 晚　秋

故事中人总是悠，时光一恍已霜头。

那年意气今何在，不见韶华怎咏秋？

2022.10.27

# 诗画入秋

晚秋万木也梳妆，锦缎无须自换裳。

乌桕浑身披彩绘，诗藏画里景如镶。

2022.10.28

# 暮秋桂香

八月花开十月香，金黄细粒绿中藏。

枝头馥郁身形露，不在林间就路旁。

2022. 11. 2

# 晨　跑

晨风送爽已秋深，早有高人汗湿襟。

走走跑跑几圈过，翁来助兴小诗吟。

2022. 11. 3

# 壹品徽鲜周末小聚

曾经老友聚徽鲜，壹品人家庆敬贤。

尽管苍颜双鬓白，举觞畅饮怎翻篇？

2022.11.6

# 海马①吟诗

海马真情诵读诗，童心绽放稚年时。

唐来宋往千篇过，好韵佳音任我驰。

2022.11.6

---

① 海马是我的大妹的外孙。

# 壬寅立冬

节气翻篇季又新，天寒地冻渐成真。

风吹落叶藏霜露，浸润花开更待春。

2022. 11. 7

# 仙　游

大邑安仁月影朦，同行姐妹访天宫。

刚尝美食余香在，又做神仙乐怎穷？

2022. 11. 7

# 魅力行

飒爽英姿又斗妍，青春再回若当年。

红妆不用天生魅，我比嫦娥更是仙。

2022.11.8

# 约　跑

初冬喜约小同琼，漫步环湖月色明。

踏露携风无所谓，开心老鲁又年轻。

2022.11.8

# 五粮液

宜宾好酒诱仙神，五谷精华萃取真。

古法传承难仿制，千年技艺酿甘醇。

2022.11.12

# 安庆两报联谊会小吟

宜城两报立花冠，一版清风好副刊。

谊切苔岑贤俊聚，文都雅客喜联欢。

2022.11.13

# 宜宾李庄古镇吟

为避烽烟驻李庄，仁人雅客卧龙藏。

精忠报国宏图志，更喜今朝育栋梁。

2022. 11. 13

# 镇馆之宝

太阳神鸟隐金沙，日月同行寓意嘉。

韵律非凡藏古艺，吉祥标识见无瑕。

2022. 11. 18

# 川行吟

蜀地时光缓步行，心如止水透清明。

斜阳一束茶香溢，月袭蓉城万魅倾。

2022.11.20

# 贺诗人之家论坛建群

诗人有喜论坛开，谊切苔岑八皖来。

好韵佳篇难止歇，名家墨客再登台。

2022.11.21

# 月末寒又来

天公变脸冷风来，屡袭残花落叶哀。

忍气吞声常有事，寒潮过后品酰醅。

2022.11.28

# 雨 夜

冬雨携寒夜拍窗，轻声细语若行腔。

谁怜绿瘦残红落？把酒觞歌对影双。

2022.11.29

# 冬　晨

晨来孑影怨天寒，落叶飘零景色残，

偶见枝头窝独挂，舒怀忽觉也心安。

2022. 12. 1

# 丹景山吟

蓉城古岳隐彭州，奇异山川皖客游。

欲摘红花藏发髻，归心已有月难留。

2022. 12. 11

## 外孙爱车

孙儿爱大奔，梦驾逛乾坤。

自幼欢欣事，名车众类存。

2022.12.11

## 喜收健康包

雨雪初来大地姣，亲临送暖健康包。

夸咱支部温情棒，问访登门百户敲。

2022.12.16

# 新年抒怀

又是新年旭日升，红云似火灭虫蝇。

清空邪气山川净，疾病消亡百废兴。

2023. 1. 1

# 蝶恋花·一粲三周岁

岁月更新孙又长。鲁府周家，喜庆①飞觞爽。一粲牙牙学语忙，醒来满屋驱车闯。

人小奇思常妙想。稚语连珠，获赞常欣赏。偶叹时光如水往，心随意愿甘当桨。

2023. 1. 16

---

① 喜庆，爷爷周明喜和外公鲁庆名中各取一字组合之。

## 贺岳父母钻石婚

缱绻情钟六十年，心怀瀚海变桑田。

孙文两府家人乐，钻石姻缘血脉传。

2023.1.17

## 七律·除夕吟怀

壬寅旧岁换新年，万户千家首祭先。

把酒齐欢歌盛世，张灯结彩润腴田。

儿孙绕膝开心乐，耄耋同堂喜悦圆。

雪鬓霜鬟来去捋，情钟自恋更欣然。

2023.1.21

# 春节吟怀

又到新年气象新，诗章再写万家春。

如虹吉庆迎飞兔，爆竹声中捷报频。

2023.1.22

# 春　联

红云两朵落门前，写满春华墨客贤。

纳福横批楹上挂，桃符换作吉祥联。

2023.1.24

# 寒　晨

小路空灵倍觉寒，痴人踩露慰心安。

思来想去多虚实，倒影旁边水鸟单。

2023.1.29

# 孤梅独赏

孤梅独赏也心欢，老汉凌风未觉寒。

绿蕾红苞妆玉色，流云点点叹奇观。

2023.1.30

# 富茂同庆楼小聚

夏总长春约众贤，飞觞掼蛋笑声传。

新朋老友齐欢庆，饮尽三壶醉也仙。

2023.1.31

# 婉悦精致·中国菜小聚

京城老友莅庐城，显位躬身践约行。

掼蛋行觞知己乐，相逢更是把春迎。

2023.2.4

# 邛海游吟

西昌有海古邛池，尽享新春皖月嬉。

也煮元宵甜改辣，川肴吃遍再班师。

2023. 2. 5

# 合肥南艳湖多鲹跑团吟

跑团小聚庆元宵，巾帼须眉在赶超。

笑语凌寒身俊健，晨曦伴我赏琼娇。

2023. 2. 5

# 元宵节吟

乍到新春又小年，千家万户享汤圆。

黏皮裹着芝麻馅，黑白身心古韵鲜。

2023. 2. 5

# 建昌古城游

昔日城池气象新，红灯挂胃唤游人。

街边美食新奇诱，老妪长蹲候过宾。

2023. 2. 6

# 夜　思

初春夜雨润遐思，又到金陵梦断时。

旧日韶华何处再，归来尽数暮秋迟。

2023. 2. 7

# 南京老鸭粉丝汤

店小名扬美味真，闲时尽享独尝新。

端来一碗轻松下，大补虚劳属最神。

2023. 2. 7

# 阆中小吃

阆中小吃诱闲人，皖客来川再品新。

美味纷呈香气溢，锅盔几块解馋心。

2023. 2. 12

# 酒后登高

美女欢哥聚一堂，徽风皖韵咏华章。

三杯酒后登高处，尽览庐城夜色煌。

2023. 2. 13

# 雨滴梅苞

雨润春梅韵味藏，红苞绿蕾独枝扬。

无须觅影寻花秀，早有晨风递暗香。

2023.2.13

# 倒春寒

雨后又春寒，晨风月影单。

枝头梅独秀，步碎掩嗟叹。

2023.2.14

# 癸卯雨水

雨水开耕润谷田，三农始作盼丰年。

春风拂面无心享，只顾埋头稻穗牵。

2023. 2. 19

# 天紫·四季花城即兴

紫气东来未觉虚，春光刹那也宽舒。

人生苦短须珍惜，再拾诗心享馐余。

2023. 2. 19

# 贺父亲九十一寿辰

二月春回冱冻消，家明①寿诞众贤邀。

双尊把酒笙歌起，四代同堂笑语潮。

盛世康平斟国酒，生辰礼乐忆茅椒。

永芝②老伴轮椅至，鲐背欢欣不见憔。

2023. 2. 19

# 倒影即兴

浅水湖光意写空，晨曦倒映也苍穹。

虚无幻影终如梦，二月春风怎解忠？

2023. 2. 19

---

① 家明是父亲的名字。
② 永芝是母亲的名字。

# 老爷爷馄饨

一碗馄饨忆稚年，爷爷手艺小城传。

亲尝美味羹汤尽，吃后含欣快乐仙。

2023.2.20

# 外孙钟祥归来即兴

一絮携春楚地回，开心老鲁喜端杯。

滨湖万鼎①佳肴美，怎比孙儿绕膝偎？

2023.2.27

---

① 万鼎，滨湖万鼎别院酒店。

# 外孙上托幼园

背起书包上幼园，开心一粲若羲轩。

初来乍到都嬉戏，活泼天真吐稚言。

2023. 3. 1

# 王文小姨子拜访即兴

家中有客来，妻妹首登台。

留影并肩坐，空觞也乐哉。

2023. 3. 3

# 七律·雯虹六十岁生日抒怀

时光不觉别华年，岁月渐行若梦牵。

不负韶光曾壮志，担簦耳顺又鸿篇。

辛劳立业蓝图绘，俭朴持家古训传。

八皖虹来欢庆宴，孙家鲁府敬耆贤。

2023.3.5

# 学雷锋纪念日有感

学习雷锋稚幼时，年轻榜样若晨曦。

光芒四射童心暖，我辈人生好口碑。

2023.3.5

# 三八妇女节即兴

惊蛰雷鸣唤女神，欢歌笑语舞缣巾。

红装素裹都娇媚，再拾斜阳又是春。

2023.3.8

# 南艳湖春雾

春晨薄雾淹南湖，渺漫曦光有却无。

若问高仙何处隐，诗家泼墨献桃符。

2023.3.9

# 贺《安徽诗歌·法工文化》栏目开启

法工文化舞缤纷，八皖诗歌再阅军。

正义真诚都战鼓，分毫也可拨千斤。

2023.3.10

# 远闻文和院兰香有吟

未到文和也见兰，幽香暗袭沁心丹。

微吟古韵春风里，远望无言老鲁欢。

2023.3.12

# 南艳湖晨跑

久未晨跑近又跑，湖心幻影隐千姣。

新添嫩绿邀天月，舞袖嫦娥挂柳梢。

2023.3.14

# 寒夜雨晨

昨夜春寒冷又来，晨风飐拂雨登台。

无心总把琼觥酌，醉卧乡间幻梦徊。

2023.3.17

# 跑步的暗语

昨日跑神暗语跑，身姿飒爽比仙娇。

一三一四藏心意，配速新奇昧庆敲。

2023. 3. 19

# 菊

金秋雨露入千家，土养盆栽草本花。

墨客诗仙都喜好，躬身俯首忌奢华。

2023. 3. 20

# 竹

四季虚心不比高，常年正直领风骚。

板桥笔下千姿态，更有尖头赛利刀。

2023. 3. 20

# 春分海棠吟

房前屋后海棠开，嫩绿桃红诱客来。

问得诗家肥瘦许，春分再请易安裁。

2023. 3. 21

# 有氧运动

有氧轻跑确健身，胡医大一①妙言神。

斜阳又暖西山树，挺立峰巅第二春。

2023. 3. 23

# 绿樱含苞即兴

桥头再遇绿樱孤，初现花苞嫩叶无。

待到春风吹又暖，开颜怒放尽欢愉。

2023. 3. 24

---

① 胡医大一，指心血管名医胡大一教授。

# 无　题

心中无我不相求，独自晨跑惬意犹。

柳嫩桃红花遍地，随君采撷尽私留。

2023.3.27


# 中小学安全教育日有吟

教育开先自幼时，安全却是最根基。

常年预控盯防紧，别怨唠叨谨谢师。

2023.3.27

# 江城子·癸卯清明

春风四月暖清明。鸟啼鸣，小舟横。柳绿桃红，美景再纷呈。犹忆桥头临别语，多保重，再相迎。

时光不觉夕阳行。淡拼争，自含荣。苦短人生，祭祖叩无声。白菊几枝碑上唁，思教诲，表心诚。

2023.3.30

# 清明祭祀感怀

是雪无冰也是空，樵夫伐木枉如风。

冬寒恪守清明夜，地府仙来穴作弓。

2023.3.31

# 大厂①拐角楼拆除有感

昨日中心叹憾除，更新市貌怎留初？

初来乍到风吹过，拐角楼旁恋旧居。


2023. 4. 1


# 六合朱家山墓祭感怀

油菜花黄忆念萦，文家老少叙哀行。

韶华似水春生去，阴候妻恩又小城。②


2023. 4. 1


---

207

# 忆秦娥·清明节

清明节，千言万语何人说？何人说，那年教导，怎能翻页？

黄花一束碑前谒，躬身俯首声哀啜。声哀啜，几多鸿誓，似钢如铁。

2023.4.3

# 青龙潭祖坟墓祭感怀

清明未到祭仙神，手捧鲜花悼事新。

昨日鞭炮烟火旺，祈禳祖上佑贤民。

2023.4.3

# 琼花吟

四月琼花绿叶间，芬芳吐艳展韶颜。

凝脂似玉闺中蜜，絮语唠叨享静娴。

2023.4.6

# 债

欠债欺人债几多，言而无信奈庸何。

于心不愧难真语，日久终明是赖婆。

2023.4.6

# 江城子·仰望石楠老师

著书奋笔积微薪，织祥云，励同人。百万捐资，助学好耆民。点亮高台常秉烛，存大爱，奖徽文。

东风又暖小江滨，牡丹神，画藏魂。正好夕阳，耄耋也如春。仰望星空多灿烂，谁最绚？石楠亲。

2023.4.8

# 获省作家协会会员证即兴

快递登门喜自生，作家协会又添丁。

文坛水阔凭鱼跃，铸冶身心款步轻。

2023.4.8

# 外孙也巧思

孙儿创意惹人夸，几朵残英再组花。

稚气童心如水洁，奇思妙想怎输咱？

2023. 4. 9

# 品尝《狂飙》猪脚面即兴

猪脚煨汤下面香，《狂飙》老大喜亲尝。

欣逢偶遇来宫碗，几口狼吞即食光。

2023. 4. 10

# 贺桐城诗词楹联学会成立

文城古韵溢龙眠，墨客诗家再比贤。

皖沪京津春四起，朱门更有好楹联。

2023.4.12


# 七律·贺合肥经开区成立三十周年

庐城自古懿文香，魅力经开志气昂。

锦绣街区多甲第，繁华大道向阳光。

八方依旧初心守，万众由来使命强。

三十春秋频跋涉，耕耘路上再新航。

2023.4.20

## 云锦台掼蛋获冠有吟

云锦台前掼蛋欢，输赢晋级众人观。

闲心也有欣然事，偶遇斜阳古韵弹。

2023.4.22

## 桐城唐湾镇杨树村采访有吟

一叶新茶馥郁香，村头老树嫩枝扬。

群山雾绕春寒袭，更有诗家古韵泱。

2023.4.22

# 贺石楠书屋开放

名家书屋喜开张，画册诗文赠馆藏。

昨日捐资文学奖，今朝再次大献扬。

2023.4.23

# 《另一束阳光》出版有吟

一束阳光老朽书，休闲耳顺志如初。

石楠作序文添彩，吴雪挥毫字剔虚。

怎忘秦雯编辑路？常叨蒋总搭桥渠。

连三接四难停歇，不辍勤耕累也舒。

2023.4.28

# 五一节前小聚有吟

掼蛋飞觞又聚餐，飞龙酒店几家欢。

东华老将频荣退，不改初心志未残。

2023.4.29


# 石楠老师为拙作作序感怀

一束阳光好序言，先生奋笔赠高轩。

愚钝学子欢欣又，谢意无词莫媚怨。

2023.5.3

# 仙人球花开有吟

餐前苞蕾瞬间开，吐艳盈香白玉来。

不俗仙人花十朵，芬芳怎拒一心裁？

2023. 5. 3

# 青年节感怀

五四青年节日来，斜阳正好任心裁。

昂然阔步腰身硬，老汉韶华不要猜。

2023. 5. 4

# 癸卯立夏

无声未必寡闲情，夏日初来鸟早鸣。

一束阳光真惬意，晨风拂面垢尘轻。

2023.5.6

# 接石楠老师参观省美术馆有吟

披霞接驾大师迎，转瞬舒州到省城。

久有追良①寻画梦，今观旧作叹恢宏。

2023.5.11

---

① 良，中国著名女画家潘玉良。

# 哈尔滨行吟

驾雾凌云北国行，携虹转瞬到冰城。

庐阳八皖风光丽，黑水河边美景争。

2023.5.17

# 观圣·索菲亚教堂即兴

和居闹市百余年，绿顶红墙曲拱虔。

笑对冰寒仍傲骨，拜占廷式古风延。

2023.5.18

# 沈阳行吟（八首）

### 哈尔滨赴沈阳即兴

高铁飞驰至奉天，辽河水暖润心田。

三番五次几来往，唯此行程最坦然。

### 贺吴达和佳霓新婚大喜

古郡玄菟小满天，吴家李府结良缘。

佳霓帅达今仙配，定有千禧万福延。

### 荣任证婚人即兴

李府欢欣嫁女神，登台再做证婚人。

千言万语皆嘉愿，尽享时光满目春。

### 浑河遇钓人有吟

午后闲来漫步行，浑河水浅钓竿横。

滩头草绿徐风起，忽见毛鱼线上挣。

## 参观张学良故居即兴

帅府寻踪访汉卿，西安事变国人惊。

兵戎逼蒋东倭敌，唤起民心抗日荣。

## 老边饺子

一百年前早出名，沈阳享誉好鲜羹。

薄皮煸馅精工艺，久等街边两屉盛。

## 北陵公园

沈阳午后和风爽，迈步皇陵幽静飧。

石兽躬身若拱桥，奇松怪柳搔心痒。

## 青年大街

坐拥繁华近百年，机场北站一街穿。

高楼大厦空中奕，阅尽风云共九天。

2023.5.22

## 观红色影片即兴

不忘初心再井冈，耕耘党委践行强。

星星火种燎原势，照亮征程使命扬。

2023.5.24


## 老鲁诗作入展即兴

敬贺吟诗入画廊，经开迈步奋图强。

篇篇幅幅都佳作，一首难歌万事昌。

2023.5.30

# 神舟十六号发射成功有吟

神舟十六越天穹，逐梦飞航万众崇。

远望嫦娥谈笑事，门前恍若是星空。

2023.5.30

# 威海行吟（八首）

### 赴威海即兴

故友相邀海景游，空中振翅也王侯。

诗家古韵何时赋？老调新歌总解愁。

### 那香海 AAAA 景区有吟

那香海景确怡人，未到天边却似神。

不问君家何处客，邀来圣地度凡尘。

### 观那香海日出即兴

风车转臂耍花刀，旭日幡然一丈高。
默守苍穹云里舞，阳光似火染波涛。

### 那香海黑森林有吟

天然负氧黑森林，万亩阴凉足下寻。
静谧安闲听海韵，涛声过后再诗吟。

### 参观甲午海战纪念馆

那年海战铸军魂，致远官兵守国门。
火舰乘风倭寇敌，丰功博得世人尊。

### 游天尽头景区即兴

驻足天边眺尽头，惊涛拍岸唤飞鸥。
追思远古秦皇溯，又拾诗心拣韵游。

### 那香海樱桃采摘有吟

小小樱桃点点红，枝间叶下戏藏中。
游人采摘纷争至，午后闲情满载丰。

### 冷冻无花果干即兴

小果无花味道香，青皮紧裹嫩红瓤。

冻干技艺储存久，爽口怡心保健康。

2023.6.2

## 癸卯芒种

又到千禾夏种时，柔风细雨唤铧犁。

农家汗滴耕耘累，只望秋收稻谷垂。

2023.6.6

# 后记　岁月，在诗意中流淌

记得还是很小的时候，我就朦胧地认为，那些喜欢吟诵古诗词的人，都是上了年纪有学问的人，也都是白了头发、满脸皱纹的老爷爷。

不知不觉，岁月在流淌的光阴里不断向前，同时，也在不断地沉淀。慢慢地，我也沉淀成了喜欢古诗词的白发老人了。

怎么也想不起来，从何时开始，我喜欢上了七字四句的"打油诗"，或者叫"顺口溜"。用朗朗上口的小句小调，来描述所观察体会到的新生事物，颂扬我们每天平凡而幸福的生活。

后来，我在中学老同学张桂云的引见下，认识了桐城诗词楹联学会(那时还叫桐城诗词学会)的齐玉锁会长和中华诗词发展基金会安徽诗人之家的李正国执行会长。受他们的影响，我开始学习并钻研古诗词的平仄韵律。"打油诗"也逐渐有了"平平仄仄平"的韵律。

在居家闲暇之余，我坚持每日研习古风诗韵、平仄格律，收获颇丰。不知不觉地领悟到，在诗词中严守平仄声调、韵律规则，就犹如在天地自然中修堤筑坝，种花植草，让无序的涓流汇集成江河风景,让游思小调规范成诗词歌赋。正是:"修堤筑坝仄平若,植树种花韵律磨。细滤游思章法守,诗情画意乐吟歌。"

是的,生活确实如此,心中一旦有了诗意,眼前便多是阳光,天地也因此而灿烂。无论是晨练小跑中度过的春夏秋冬,还是差旅繁忙征途中走过的大江南北,诗词都伴我一路前行。正是"迈步浮桥轻逐浪,开心老叟壮怀扬。"

非常难忘的是在春末夏初的一个上午,阳光正好,我首次参加中华诗词发展基金会安徽诗人之家的庐城笔会活动,喜见各诗家词友,寻学问道,开心非常。尤其是诗人之家执行会长李正国老师不断亲呼我"小鲁",让我春心荡漾,仿佛又回到韶华时光。正如小诗《诗社活动吟》所写:"初来乍到进诗家,众智豪情酒作茶。会长亲称呼小鲁,韶华返旆绽春花。"

同年,我又有幸参与安徽诗人之家"蓝鼎杯"诗词大赛并获奖。席间,诗朋词友,诗情飞扬;觞酒频举,你吟我唱;讨教研习,佳篇倍出;妙韵缤纷,不亦乐乎。如此凡尘仙趣,怎不令人神往而放声歌唱:"锦绣山川云雾散,香扑鼻,朗苍穹。"

紧随着 2021 年的新年钟声,那天,外孙周一粲初来尘间,他幼嫩的双臂向蓝天展开,似乎要抚摸那挂在天空中的太阳;他那微微睁开的双眼,第一次环顾着四周,也想把这由多种颜色组成的世界看得分明。

我在含饴弄孙、享受天伦的同时,也感到心旷神怡,诗意盎然。那些日子,四季变化的阳光,照耀温暖着大地,多少诗情画意也在《蝶恋花》中绽放吐蕊……从外孙满月到周岁,他都在每月一首的《蝶恋花》诗韵中成长。正如在《蝶恋花·一粲五个月》中所写的那样"自幼启明平仄灌。诵念华章,唐宋诗词伴。古韵声声三代侃,欢欣满屋频频赞"。

　　是啊!岁月如歌,岁月中填满了多姿多彩的诗意生活,而这诗意的丝线,又在岁月中来回穿梭,织成了一幅幅美妙的绫罗绸缎,留下了这一首首如歌的篇章……

　　岁月总是在怀念和期待中不断更迭,时间也总是快于梦想。这些年,我在唐诗宋词的韵律中,尽享生活的美好。生活真的如同江河,既有一泻千里的激流险滩,也有那弯弯曲曲的缓缓流淌;人生纵有艰辛的跋涉,但更有抵达的快乐;有枯燥的重复,也有浪漫的情趣。对于土木工程专业毕业,又喜欢诗文的我来说,确实在那些冰冷的钢管、塔吊和黄沙石子中,在那些枯燥的建筑材料的符号里,不断地感受到文字的温暖和诗意的美好。

　　最后,我要感谢中华诗词发展基金会安徽诗人之家和桐城诗词楹联学会各位诗友给予我的关心和教益,让我在唐诗宋词里,感受到了温暖和激情。特别要感谢安徽省作家协会胡竹峰副主席,他不仅为我这本书取了《短亭草》的雅名,而且在写作任务繁重,工作忙碌的情况下,还提笔为我的这本书写了序言。我还要感谢安徽文艺出版社在本书的编辑出版过程中给予的支持。


2023 年 11 月 30 日于山东威海 那香海度假花园